歌集

# 球体の声

*Yohko Obata*

小畑庸子

角川書店

# 球体の声　目次

装幀　大武尚貴

# 歌集　球体の声

小畑庸子

# I

鶏《とり》も濡る

黙黙と近づきて去る時の波　午前零時に来る馬車を待つ

冬なかの或る朝湧ける厚き霧はは犬と仔の屋根を覆へり

身を固くして耐へゐむか仔の犬は声を洩らさず白き流れに

霧出づる朝くろがねの鶏も濡る角錐形の屋根の先にて

時の神かの夏呉れし薄き封書開かれて在り歳時記の上に

積める葉に重なり落ちてゆく枯れ葉風無き午後を慎ましやかに

引き絞りひやうと放ちし言の葉を如何やうにして取り戻すべき

しろき蝶螺旋の階をひたすらに滑り落ちゆく谷にむかひて

鄙ならず街にもあらぬ里は暮る去りしいち人戻らぬままに

確実にわれに近寄りくるものの気配は未だかたちを為さず

水底に黙してありし石ひとつ老いて新しき年を迎ふる

燃ゆとも消えず

雪解けの地の下にて目覚めたり青きビードロ玉ただひとつ

四十雀の骸をかつて埋めたりしあたりに長くねむるビー玉

あをき緑の硝子の玉は真ん中にしろき斑をわづかにもてる

丹波なるふたりの故郷《くに》に雪淡く積むとふ夕べゆきて戻らぬ

純白の雪を置きたる山茶花の紅も緑の葉も慟哭す

死の近きを自ら言ひて笑みたりきまた来ると手をとりたる時に

万年筆掠るるごとく消えゆきし声を欲せり寒きゆふべを

もう要らぬゆゑと届けてくれたりし萬葉集二十巻　去年の春

鉛筆にて傍線引ける頁ありおよびに撫づるちさき疑問符

巻第二十に手ずれは殊に著くあり防人の歌声に出づるも

いち人を永久に失ひくれなゐの篝火花に声を洩らせり

透明ならぬ眠りのなかへ入りきたり海の鳴る音風の哭く声

いち月の終はりに温き日はありぬ去りたるものの呉れしいち日

春立つ日　真夜を醒めたり思ひ出は音たてて燃ゆ　燃ゆとも消えず

鍵

「冠省」の文字が省ける言の葉を四分の一の余白にひろふ

差出人不明の一葉配られつひと年余り世に無きものへ

黒革のストラップつくしろがねの鍵を残していまだ戻らぬ

どの扉にも合はぬ鍵なりメッキ剝げ机にしろき影を置きゐる

葉を落としきらざるままに紫陽花は径七粍の芽を設ふる

黄いろなる最後のひと葉を失ひぬあぢさゐ冬の窓の外にて

桜木の幹ももいろを帯びて立つ二月の河川敷に人なき

軽トラック白きを追ひて濃き赤のスポーツカーゆく対岸の景

如月の杉の林をぬきんでて鉄塔はたつ雲をつらぬき

川みづはひくく歌ひて堤なる桜の幹のももいろを愛づ

向かう岸に立ちて女は手を振りぬ此岸に未だ芽吹かぬ楡へ

ルリタテハ

とほりやんせ　呼ぶ声のあり何処なる細道や　まだ人影みえず

少女の日告げざりし言はちじふとなるともつげず死すとも告げじ

山あひに鏡いく枚光らせて遠き棚田の里は六月

夕ちかく草道さむき初なつのトラクター過ぐ老いに追はれて

山鳩の声くぐもりて集落はいちづに夜の闇へ傾るる

紀伊國屋に拾ひ読み為し求めたるノヴェル一冊完読ならず

アンブレラの赤が丸木の橋を過ぎ古き館へ曲がりゆきたり

鉛筆の先より生《あ》れてまつさらのノートを汚す言葉といふは

真白なる罰点をあをき空に置き西をさす点ふたつ消えたり

積乱雲北の空より湧き出でて真昼間ふくる　音声もたず

＊

捩れの位置の白線ふたつ膨れゆき交はる空の真昼の不思議

越ゆべき嶺いくつ残るやはちじふを過ぎたる日より数へきたりぬ

かげろふいなづま水の月とぞ言へりけり幸せといふもののたとへに

流体にありたりし日を自覚せり氷片ふたつグラスに動き

ルリタテハ直線滑空行く先は熱き石の上　王者の呼吸

「めんどりも剃刀研ぎも」居らぬ午後ふし生り胡瓜畑に息づく

## 誇り

平成の鳳仙花いくさを知らず咲く七月熱き石のうしろに

ひよどりが鶫が蟻が見てゐたり地に裏返り動ける蟬を

「身の上に心配ありて参上す」　自爆を覚る球体の声

低音にブザーは太く鳴り終はりはや暗闇となれるシアター

表紙のみを破りとられて週刊誌暗渠のうへの風にはためく

施錠せる暗き穴より抜けなづむスペアキーの耀く誇り

白粉花たわたわ咲けり漆黒の結実といふ近き未来へ

こほり水を八分入れたるビーカーに蛍ぶくろをひと束挿しぬ

鳩出でぬままに小窓は開かれて木の振り子のみ刻を忘れず

をさな児の胸のアプリケ戦闘機つばさも胴も丸みをもちて

地に触れてゐたりし茄子かゐさらひの濃き紫は黄をおびてをり

夜の露にしとどに濡れて人を待つ市民公園広場のベンチ

砂

仏の飯この朝淡き湯気を見す　母へひと掬父へひと掬

コノハズク電子辞書にて姿を見　序でに啼かす十とふたころ

秋海棠のまだ柔らかきくれなゐを愛づるはあかきひむかしの月

またの名は断腸花なり名付けしは病床のかの俳士ならずや

葛原を貫きて立つ鉄塔に秋のいかづち遠く鳴り出づ

陰と光交はる点をすりぬけて鋭《と》き矢を射むか厚き胸処へ

すなをかの砂のをみなの足元の砂の崩れてゆく音低し

二泊三日の旅を終へきて無頼派の青朝顔の出迎へに合ふ

序でのごとく

黄金の光を失する大輪の花の後ろのひとつの訣れ

紅の葉をいつせいに脱ぎ桜木は去りゆく秋へ細枝を振る

穴惑ひしたるくちなは夕暮の勤行の音にわづかに動く

石階の半ばあたりに兆しゐし文字六つばかり消えて戻らぬ

老人ホーム入所案内・就職の会社案内並ぶ看板

電鉄の二輛が緩く辿りゆく　絹延の橋・滝山・畦野

ひとつ屋根の下にて長く生きたりき掛け違ひたる釦直さず

直前まで拾ひ食ひせる街鴉轢かるる真似をせぬとかぎらぬ

かの夏の瓦礫の街を見下ろしし日を記憶せり城は化粧ひて

古き木の階三段を滑り落ちしたたかに打つ尾骨といふを

人類に尻尾のありし痕跡をX線は軽やかに見す

「タンポポで造つたお酒」些かも苦からぬなり　グラスを置きぬ

*

生きゐたる序でのごとく消えゆきぬ　老いたる欅真冬夜半に

口笛を吹きつつ坂を越えゆくか老い木は我を思ふことなく

物体となれる刹那に想ひしは何処の誰ぞ　きりきり語れ

八十七の年輪きざみ矍鑠として欅木は我を離りぬ

耕耘機方向転換なすを見し寒の小径の白玉椿

あめんぼの夫と妻を別ちたり鴨がつくれるちひさき波は

蟷螂は老いたる貌をたづさへて越ゆべき坂の端緒につきぬ

蕗の薹いまだをさなし　細道は冬黄昏《くわうこん》の時へとつづく

紺屋の甕は底ひまで藍大甕は底ひまで水　寒の夜半を

曖昧に

故郷のひとつ手前の駅に降り草道を踏む　かの日の風に

塗りの椀木箱に重なり黙ふかしふゆの土蔵の二階の隅に

土ぐらの窓の下にて読みたりし『菊池寛』総ルビにて厚き

曖昧に昼月出でて難物の地球を廻る周期違へず

鯛焼を一尾たまはり去りゆきぬ昼の扉をこつと叩きて

枯れきりたるもの温かし萌えいづるみどり冷たし川のほとりに

*

山田いち枚耕し終へてトラクターキャタピラに春の土を匂はす

光琳の木立に細く水流れ弥生明るし峠の里は

踏切の向かうの男消えゐたり八輛電車過ぎてゆく間に

白バイクを遣り過ごしたり春川の光るかたへにわづかに寄りて

木瓜の枝の太きかぐろき棘を知る春かはたれの右第三指

杉の秀の茶色うすれて北山の春三月は終となりたり

焼かれたる田畦を踏みて誰そきたる　春寒くらき夜にまぎれて

*

五月雨がはつか濁らす大川をゆらりと渡る銀のヴィッツは

夜とならば雑踏を恋ひ朝にはただ独りなる月を恋ふ魚

日暮より開花せしのち結実す虻よ眠るな　月見草　拝

混沌の胸をかかへて生ききたる蟷螂　怒るときには怒れ

命じられしものの如くに鎌を挙げ草道に入るたうらうひとつ

戦ひし果ての骸を笹舟に運ばせて遣るその故郷へ

熊笹の舟にて去りぬ岩を避け波に乗りゆく術知らぬまま

長き旅を終へて横たふ流木の影を愛しむ銀の小鮒は

猫

熊蟬の発音器官作動せり茶の縞猫を尾より覚まして

全身を引き伸ばしたる勢ひにのりて朝の猫歩みだす

三角の薄茶の耳は緩やかに回転なせり約一一〇度

ステージに上るごとくに庭石の平らに載りぬ右前肢より

ファンファーレ未だも鳴らず誇りかにめぐらす耳に風を捉ふる

葛の葉に乗つ取られたる桜木を哀しみてその木陰に寄りぬ

農夫の小屋の軒に去年より眠りゐる案山子を起こす一声鳴きて

中らずと言へども近き言の葉に傷つく老いを睥睨なせり

鬼薊をやうやく躱し草むらを出でて来りぬ昂然として

蝶ふたつ青き空へと飛び立つを後ろ肢にて立ちて見送る

Ⅱ

## 森の掟

渋けれど美しく熟れ空の青に耀きてゐるきみの柿の木

淡き光が伴ひきたる影は濃し山里に低くコスモス咲きて

仙人草といふは毒もつ白き花　天より落ちて草とやなりし

静寂は無音にあらず秋の樹の声をもとめて胡蝶去りたり

鶏頭のはなのくれなゐやや暗し秋の旱の村のひと隅

かの秋の湖に沈みし日のままに納屋の戸口はわづかに開く

底ひなるちひさき村の集会堂　石の階老ゆることなし

水底に夕べの風が語り出づ杉の木立の哀しき声を

雑木らの秋の吐息をぬけきたり男はくろきヘルメット脱ぐ

晩秋の森の掟の間伐の執行人の厚きてのひら

電動の鋸を樹に凭せ掛く　間伐作業今より開始

鳥を眠らせ風を避けきし夜を思ふ空《くう》をきりつつ倒れゆくとき

鋸の音にて眼ひらきたり山椒魚はむんずと動き

この森に生《あ》れて老いづくひと本が伐られゆく音遠く冴す

# 海星

海べりのカーヴを緩く曲がりゆく秋の紙屑しろきを轢きて

朝寒き草原を人ふたり行く千本松の林を出でて

島影に孤舟の影に秋深し　朝しづけきくろがねの橋

大橋を歩みあゆめど行き着けず人も車も在らぬ処へ

渦潮に入りゆかむとし止まりぬ秋の木の船ふたりを乗せて

一羽光りやがていづれもひかりつつ鳥渡るなり海の涯へと

きららなる雲の間より湧ききたるしろきてふてふ海へ向かひぬ

海の面は穏やかなれど底ひなる流れは疾し　波の独白

海も見えみかんの丘も見ゆるなり遠き船影一つを追へば

そこはかと添ひて日なかを過ごしたり香の薫りの優しきかたへ

*

うち海へ傾く石の小径にて海星三つがからびてゐたり

はるかなる海の底より潮にのりきたりて石の径に乾ける

星形の五本の腕を尖らせて乾きて人の指を刺したり

潮にのり波に揺らぎて海ぎしに出でし歓喜は束の間のもの

引き潮に乗り忘れたる刹那より身はひしひしと乾く石の上

身の裏の真中にもてる口腔は何を叫びし　かわきゆくとき

カンブリア紀より生き継ぎうち海の真昼の砂に乾びてゐたり

## 日輪

今年また怒りを噴けり蕗の薹平氏の裔の老いの丘にて

広大の葡萄畑の畝あひを黒いジープがゆつくりと来る

畑守の洋館は丘の裾にあり昼あたたかく点して濡るる

遠山の裾まで葡萄畑なり灰色の雲北へと動く

蝶しろくやさしき一羽路地を越え草生に落ちぬ落ちて動かず

除草剤に怯むことなく線形の濃みどりの葉を畦に繁らす

ばうばうと空を燃やして思ひきりよく消えゆけり日輪独り

なめくぢら振り向きし跡しろがねの小径ふくらむ石の上にて
いつの日か蝸牛とならむ夢の端を捨てず五月の石を越え行く

見果てざる夢を負ひゆく蛞蝓にな振りそふりそ　しろき辛塩

退化せし殻をもとめてしろがねの道をひたすら残しゆくかも

にれかむ

木の梢に風鳴る町の薬屋に買ふ風邪ぐすりブルー濃き箱

直径五ミリ白き錠剤三粒を眠りの前の喉にながす

風邪いまだ癒えぬ朝を町かどの茶房のくらき隅にすわりぬ

熱の花を鼻下にたくはへ夕暮の街に行き合ふ君はダンディー

中腹の消防署にちさきデスクあり素焼きの壺にひまはり挿さる

山火事を消して戻りて踏切の警報機にて素直に止まる

ひまはりはまだ莟なりとらはれて備前の細き壺にかたむく

夜明けまで語り合ふべし宿直の男と壺の大き黄の花

泣くならばひそと泣くべししらら髪の四十男と壺のひまはり

消火栓の蓋のくれなゐ薄野の喜怒哀楽をつぶさに見たり

木蓮の花はちひさき呼吸せり黄砂に真昼霞める里に

ひまはりの種を貰ひてあたたむる革の上衣のみぎポケットに

筍の薄切りを味噌汁に入れ茂吉母恋ふ歌をにれかむ

## 里川

邑のみち果つるところは夏草のあをしたたかに繁れるほとり

「鹿が壺」とたれか名付けし　緑陰の深きところに水を湛ふる

角もてる若き雄鹿が野を駆くる姿を穿つ水のちからは

狩に出づる朝いかなる詩の声をあげしやきみは縄文の男

鹿狩猟許可証をもつと言ふきみの右の手しろく優しきかたち

荒くさを踏みて倒して鹿を追ひ銃を構へし　きみは山谷に

桜桃忌ちかくなりたり谷間のスカンポあをき茎を太らす

里川は緩く流れて両岸に桜木いまだ青きを擁す

自づから燃えしを忘れ桜木は緑のあつき影をつくれる

*

後ろより掌もて塞がれたるまなこ緑の底の闇をたのしむ

老翁の能面壁にしづかなり八月の蚊の出入りを赦す

「尋常小学校読本　文部省」コピー戴く般若寺にて

大黒蟻青葉の緑を踏みはづす烈士磔刑を受けし跡地に

さ緑と松のみどりにみづからを装ひ丹波連山しづか

大和を去り京へとむかふ旅人が見返りたりし坂に風あり

脇に背に数多の腕を植ゑゆきし仏師の男ごころを知らず

国宝館拝観券の阿修羅像凜凜しき眉をはつかに寄する

金継ぎは無用にて候《そろ》　傷もまたときに美し薩摩大皿

蒼き野に花あることを疑はず少将何某木沓を鳴らす

蕺草の深根を暴くことあらず嵐去りたり夏の野原を

契るなら野の風が良し透明にただ私を黙して過ぎむ

もぢずり

地下鉄の吊り広告のしろい文字「白雪姫はなぜ殺された」

九段下より飯田橋までひと駅を歩みて書店まだ見つからぬ

八月の首都の煉瓦のうらみちを教へくれたり美しき少女は

アイスカフェにてやうやくに冷えきたる身を運びゆく首都の小径を

異国生まれの朝顔の花むらさきの虚言を重ね午後もしほれず

もののふの父の声なき慟哭へ八月のみづ光るを捧ぐ

もぢずりの花ひと本を墓標とし夕べの黒き蟻を眠らす

滑り台の天辺にかの日背を押され目を閉ぢたりき霧の底ひに

北国を故里とする友が呉るいち夜干し烏賊肉の厚きを

# Ⅲ

深層心理

歌碑といふものただ一つ我に在りprisonの奥ふかき処に

四十代の日日の証と読みかへす歌集一冊今病むひとの

一羽来り二羽にて去りぬ河岸の乏しき草地をしばしめぐりて

姓名はイワン・カラマゾフ呼び名イヴ老詩人の猫汚れゐたりき

ビル街の底に音なくながれゆく秋の小川はわづかに濁り

鳩は鳩雀は雀言の葉をかはさぬ役所通りの草地

淡路の海水平線より暮れてゆき十六夜月は未だ出でこぬ

潮騒ぐ音をとほく聞き黄金の月渡るなり雲をひきつれ

藻しほ焼く煙は見えず秋深き松帆の浦にひとりを焦がす

＊

詩の言葉つと消えゆきぬ白磁なる珈琲カップ掌に熱き午後

瘦身のティースプーンの凹面に見知らぬをんな貌を映せる

首塚のうしろの池に刀折れ矢尽きて蓮おのれをうつす

軒下を過ぎゆく風に尖りたり鷹の爪あかあかと燃えつつ

初冬なほ青美しき露草を月草と呼ぶ声に出だして

老いたれど深層心理衰へず欅一樹は風に身構ふ

落葉を尽くしてくろき枝を伸ばす渋柿の木は頑固に徹し

フェルメールの蒼き少女はふりむきて囁く　夜の石の壁より

約２cm積みたる雪が路地に凍て右前輪をはつか滑らす

これしきの雪に難渋してをりぬ国道までの五十米

落ちながら凍てたる瀧は石走る水に戻らず如月の昼

ひむかしの山を離るる朱の月先づ見たりしは何の秀つ枝か

ミトン

鉢のアロエにビニール袋をきせたる夜　十三夜月閑かに渡る

大根島のスタンプを負ひ届きたり寒の牡丹の段ボール箱

ゴルフボール大となりたる牡丹の莟それより五日太らず

翅を開くごとく一枚ももいろの花びら夜更け音なくひらく

日の光を好まぬ花が軒下に出だされをりぬ戻りきたれば

玄関にとり入れ幾度詫びたれど緑なる葉の一枚しほれつ

*

早春の河より湧きて唐突に視界を奪ふ朝のさ霧は

末黒なる土手に角ぐみゐる木木を二月の朝の霧は濡らせり

朝六時の国道しづか対向車スモールランプを潤ませて来る

春にたつは霞なりとぞ頑に老いは言ひゐき古歌をも引きて

渓谷深くきたる朝を三月の雪斜交ひに男を打てり

耳隠るるまでに帽子を引き下ろし若者は行く雪の峠を

渓深き湯の宿十時開店の木札を掲ぐ三分まへを

体菜の花芽もてるが引き抜かれ二月の畦を悲しませゐる

ヘルペスが胸に出づると伝へきぬかの春の日の声の韻きに

太陽は雪降る谷へ差しきたり童の赤きミトンを濡らす

ゲラ刷りに田道間守《たぢまもり》の字出できたり我のみが知る名ゆゑ黙せり

伝説の人と短く説きてあり広辞苑第六版「田道間守」

校正終へ人去りし後低く歌ふ文部省唱歌　田道間守

# Ⅳ

蝶

海峡を越ゆる前夜はいづくなる木にて眠らむ紋黒き蝶

夜の闇を吸ひては吐きて翅を閉ぢ暁ちかくいまだ眠らぬ

神戸元町真昼の坂に人在らず初夏の蝶ゆらりと過ぐる

早朝を発たむと決めし海峡に霧深深《しんしん》と翅を湿らす

上り坂の頂上にきて見極めついとも短き過去と未来を

舗装路の午後の逃げ水を追ひきたり真水の池のほとりに出づる

自が秋を終へて孟宗竹は揺る土葬の墓と思しきあたり

五月寒き夜の鰈は乾きゆく漁師の軒の月のひかりに

*

濠水に黄金の身を鮮やかにひるがへすなり主なる老いは

心頭を滅却すれど暑気去らず金魚死にたり浮かびきたりて

酒蔵に月の光は射しゐるや　癒ゆとみじかきメール届きぬ

七月の午後の青柿地に落つちひさけれども象をなして

## 氷片

テントウムシダマシ本名ニジュウヤホシテントウながき片仮名の虫

裏庭の草を抽んでて鳳仙花はなひらきたり七月七日

カヤツリ草野菊刈茅うす緑夏の極みを野に謳歌せる

半ばまでリキュールを注ぎ落としゆく春の氷片二つみつつを

亡き者をちひさく呼びて杯を挙げ喉にながすくれなゐの酒

刃渡りをいくばくとせむ宵はやきふつかの月の傾きに問ふ

野の底に蛇が築《つ》きたる抜け道を雨はしづかに崩しゆきたり

くれなゐの淡き五弁の木瓜の花己が棘には触れず散りゆく

春の夜のふけてゆく音　ふるさとに今無き家の柱鳴る音

夜の更けの駅に二輛の電車着き十人ばかりを降ろして攫ふ

雨の日の窓の後ろの風景が傾けるまま発車するなり

「チャージして下さい」改札機が叫ぶ電鉄の朝　ラッシュただなか

乾燥機明るき色を緩やかにめぐらす午後のランドリーにて

筍の和へもの旨き一皿を三分置きて亡夫よりもどす

はつ夏のあをき丘より青空に向きて雲湧く怒れるごとく

翼　は

ただ一度振り向きしのち消えゆきぬ長身にして痩せたるをのこ

助手席のクッション温し体臭を残すことなく降りてゆきたり

地上よりついと飛び立ちひかりつつ方向転換なせり翼は

機上にて安堵の息を吐きゐむか交しし言葉にはかに還る

空港を出でて高速道に入り方向感覚しばし失ふ

夕暮にひかる立体林立しリアウインドウを暫く去らず

*

一山を崩しかかりて咆哮す鉄の獣は声を濁らせ

髭黒き男の意思に従ひてくろがね高き頸を折りゆく

自らの雄叫びの音に疲れ果て重機は昼をまどろみてをり

赤土の山の上にて息を止め鉄のけものは夜露を待てり

楽市楽座の看板を過ぎ高速路を降りて右折す五人の会へ

安土桃山時代に端を発すると知りて楽しも楽市楽座

右折可能の青の矢印消えぬ間に発進すべし　真黒のフォード

戻り来る筈なきものを待つ日暮　鉄の扉に施錠を為さず

告白をなししは水辺あめんぼの一つ去りたることを言ひ出で

森へ

春愁といふには寒しつばくろの巣は乾きさるあしたの梁に

枯れ草の野を舐めてゆく火の声を小鮒は聞けり汀に寄りて

戯画を出で春の田畔にひきがへる声無く居りぬ喉をふるはせ

蝶に貰ひし二枚の翅をそよがせて入りきぬ昨日約せし森へ

ヒトからも詩からも離れ歩み来つ谷川みづの音をたよりて

古びたる小屋の屋根より飛翔せむ或る日の雌猫　老ゆると言へど

日焼けせる少年ふたり谷間の細き流れに目高を追ひき

少年の紙切れポケットより出でて風に攫はれ風に読まれし

聖母マリアの嘆きの肩に埃せり小さき町の秋の教会

ムスカリは風の庭にてひとしきりことばを探し泡だちてをり

紫の釣鐘形のちさき花自が裏側を見することなし

雨は地を雲おほぞらを愛すなり四月真春の夕べの戯曲

*

充電を終へしをみじかく鳴りて告ぐ秋の机の文殻の下

電子辞書姿を消せる数日をうろたへ過ごす言葉少なく

この夜のペーパーナイフ切れ悪し　二重封筒窓あり横長

落ち椿ガラスの皿の水に浮く潔しとはせざる心に

紫式部触れなば落ちむ紫を耀かせゐる平成の秋

*

行方知れぬ猫埋もれるや黄の花のひと処燃ゆ昼河原に

陽炎の遠く揺らぐ日葱坊主苞葉を割り花をかかぐる

まだ生きてゐたる山女に串を打ち若き雄の手が焼けるを見たり

瀧水の源として山あひの岩間にひかる水滴を指す

わくら葉より苔より滲みくるものを集めて成れる瀧と教はる

八月のかの夜の月は沈みけむ耐へがたきを耐へ暗き丘へと

*

特別企画「生前準備撮影会」男は勧む九月暑き日

ドイツ製鉛筆４Ｂを尖らせて立ち向かふなり己の歌に

喪中はがき切手を忘れられ届く五十二円をきみへ捧げむ

信号機の赤の点滅あらはとす夜の三叉路と老いの古家を

女《め》を縛さむ紐いくすぢを抽出しにしづめ簞笥は納戸に黙す

家老屋敷の庭の芙蓉を嘲ふほたるぶくろは声をころして

真夜中のボールペンの芯疲労せりわれの指《および》の酷使に耐へて

似てきたと言はれし歌を読み返す相似の定理を脳におきて

はつ秋の薄の原の濃みどりに恍惚とせり真昼の風は

木犀の金ひと粒を頸に載せ猫戻りたり朝の路地を

横書きにて得たる短歌を縦書きとなすかなしみを知らぬペン先

# あとがき

歌集名『球体の声』は、〈「身の上に心配ありて参上す」自爆を覚える球体の声〉の一首よりとった。

中学生の頃、数学の授業で球の体積を求める公式$V=\frac{4\pi r^3}{3}$を知った。同時に、右辺「三分の四パイアール三乗」の記憶の方法として、「身（3《ミ》）ノ上《ウエ》ニ心配（4π《シンパイ》）アリ参上（$r^3$）」を教わり、この公式で地球の体積を求めた。電卓などは無かった時代のことである。なぜかこの記憶が脳裡に鮮明にあり、一首となった。今や地球は、自爆の危機に晒されていると言えよう。

ここ二年の間に、夫と、万葉学者の兄を失った。私を永く慈しみ育んでくれた二人に、この一集を捧げたい。

角川文化振興財団『短歌』編集長石川一郎様と、打田翼様はじめこの歌集に関わって下さいました皆様、ありがとうございました。

平成二十九年九月

小畑庸子

著者略歴

小畑庸子（おばた・ようこ）

昭和８年　兵庫生まれ
昭和58年　「水甕」入会、高嶋健一に師事
昭和61年　水甕同人
平成10年　水甕選者

歌集『凍土』『双耳』『木の扉』『誰何の声』『葛野』『梧桐』『孤舟』『天より湧きて』『白い炎』

歌集　球体の声　きうたいのこゑ

水甕叢書892篇

2017（平成29）年11月25日　初版発行

著　者　小畑庸子

発行者　宍戸健司

発　行　一般財団法人　角川文化振興財団

〒102-0071　東京都千代田区富士見1-12-15

電話03-5215-7821

http://www.kadokawa-zaidan.or.jp/

発　売　株式会社　KADOKAWA

〒102-8177　東京都千代田区富士見2-13-3

電話0570-002-301（カスタマーサポート・ナビダイヤル）

受付時間　10:00 〜 17:00（土日　祝日　年末年始を除く）

http://www.kadokawa.co.jp/

印刷製本　中央精版印刷　株式会社



落丁・乱丁本はご面倒でも下記KADOKAWA読書係にお送り下さい。
送料は小社負担でお取り替えいたします。古書店で購入したものについてはお取り替えできません。
電話049-259-1100（9時〜17時／土日、祝日、年末年始を除く）
〒354-0041 埼玉県入間郡三芳町藤久保550-1

 ISBN978-4-04-876493-3 C0092